AF356746

VENTE

du Jeudi 24 Mars 1910

HOTEL DROUOT — SALLE N° 6

A DEUX HEURES

Anciennes Faïences de Perse

ARMES, MANUSCRITS, CURIOSITÉS

TAPIS ANCIENS

Tentures, Etoffes, Broderies

Mᵉ ANDRÉ DESVOUGES	M. ARTHUR BLOCHE
COMMISSAIRE-PRISEUR	EXPERT PRÈS LA COUR D'APPEL
26, Rue de la Grange-Batelière	21, Boulevard Haussmann

EXPOSITION PUBLIQUE :

Le Mercredi 23 Mars 1910, de 2 heures à 6 heures

CONDITIONS DE LA VENTE

La vente sera faite expressément au comptant.

Les acquéreurs paieront *dix pour cent* en sus des enchères.

L'exposition mettant le public à même de se rendre compte de la nature et de l'état des objets, aucune réclamation ne sera admise une fois l'adjudication prononcée.

DÉSIGNATION

ANCIENNES FAIENCES
DE PERSE

1 — Belle et grande plaque de revêtement, décor
à reflets métalliques, présentant en relief des
versets du Coran. xvᵉ siècle. Encadrée.

2 — Coupe en faïence de Perse. xvɪᵉ siècle.

3-11 — Neuf vases et potiches de dimensions
différentes à dessins variés. xvɪᵉ siècle.

12-20 — Neuf potiches, décor en bleu et manganèse, à ornements variés.

21 — Vase à col évasé et à anses, décor en bleu.

22-25 — Sept bouteilles de narghilés, fond bleu turquoise.

26 — Grande coupe, décor en bleu et manganèse représentant à l'intérieur des volatiles, poissons, guirlandes et entrelacs et à l'extérieur des fleurs par compartiments.

27 — Deux grandes coupes, décor gravé et en relief bleu turquoise.

28-29 — Quatre cruches fond bleu turquoise.

3o — Grand'vase à anses, fond bleu turquoise.

3i — Aiguière fond jaune et vert, décor en relief

32-35 — Douze bols et coupes, fond bleu turquoise à décor noir.

36-42 — Neuf plats de Boukhara, décor en bleu et polychrome.

43 — Coupe, décor intérieur à pommes de pin.

44 — Trois bols, décor vert et polychrome.

45-47 — Huit assiettes, fond vert céladon, marron et blanc, décor en polychrome et bleu.

48 — Quatre couvercles, fond bleu céladon et blanc.

49-53 — Treize pièces : lampes, crachoirs, vases et théières.

54 — Coupe à fruits à six compartiments en céladon vert.

55 — Bol, décor bleu et ajouré.

56 — Trois vases, fond crème et vert.

57 — Bouteille fond bleu.

58 — Flacon à pans, fond vert.

59 — Vase à anses, fond bleu turquoise.

60 — Cornet et bouteille, fond bleu turquoise.

61 — Vase à panse renflée, fond bleu turquoise.

62 — Vase à col évasé et panse renflée, fond bleu turquoise, décor à personnages, volatiles et fleurs.

63 — Deux potiches fond bleu, décor à médaillons de fleurs, inscriptions et animaux.

64 — Vase à anses et potiche, décor à fleurs.

65 — Cinq plats fond bleu, décor à personnages
et fleurs.

66 — Sabot et cendrier fond bleu turquoise.

67-71 — Lot de très nombreux carreaux, plaques
de revêtement, plaques forme étoiles, décor à
reflets métalliques et en polychrome. (Seront
divisés).

ARMES

72 — Armure composée d'un bouclier à boules, d'un casque et d'un brassard, décor en relief à guerriers et animaux et en polychrome.

73 — Armure composée d'un casque, un bouclier et un brassard, gravés à personnages et inscriptions.

74 — Armure composée d'un bouclier, un casque et un brassard, gravés à personnages et volatiles.

75 — Hache et masses gravées.

76 — Couteau avec manche en os, poignard à lame gravée et poudrière.

77 — Sabre à lame à gouttière incrustée d'or, manche en corne.

78 — Pistolet, crosse et canon incrustés d'or.

79 — Six pièces d'arme : étriers, hache, couteau manche d'épée.

80 — Cinq pièces : couvercle, plateau et coffret émaillé.

CUIVRES, ACIERS, FERS

81 — Deux plateaux en bronze, décor vannerie, fonds laqués, travail de l'Extrême-Orient.

82 — Lampe à six becs en cuivre gravé, décor à animaux.

83 — Base de lampe à pans, en bronze ciselé, décor à animaux et inscriptions.

84. — Lampion en cuivre étamé, gravé et ajouré, décor représentant une scène de chasse.

85 — Trois lampes en cuivre et fer.

86 — Brûle-parfums en cuivre étamé, ajouré et gravé, décor à animaux.

87 — Support en cuivre étamé et gravé à personnages.

88 — Deux cuillers en cuivre étamé et gravé.

89 — Jardinière en cuivre étamé et gravé à fleurs.

90 — Guéridon en fer finement gravé.

91 — Verseuse en bronze.

92 — Trois vide-poche en bronze ornés de turquoises.

93 — Vase à col étranglé en cuivre et argent, décor ciselé, gravé et émaillé à fleurs.

94 — Deux saupoudreuses en cuivre jaune.

95 — Narghilé en cuivre incrusté d'argent.

96 — Flacon, panse aplatie, en zinc décoré d'appliques de cuivre.

97 — Encrier en cuivre gravé.

98 — Deux mortiers en bronze, décor gravé.

99 à 101 — Dix groupes en cuivre et bronze de l'Extrême-Orient.

102 — Deux coquetiers en filigrane d'argent.

103-104 — Sept petites coupes en bronze gravé.

105-106 — Douze pièces cuivre et bronze : sonnettes, bonbonnières, vases, etc.

107 — Trois suspensions et une applique en bronze, décor à vaches, préparées pour l'électricité.

———

MANUSCRITS

108 — Manuscrits : Poésies de Hafiz, daté 938 de l'Hed Hedjir, enrichi de deux frontispices et de cinq miniatures.

109 — Manuscrit : Poésies diverses, enrichies de sept frontispices et six miniatures; reliure en laque.

110 — Manuscrit : Poésies diverses, enrichi de vingt-sept miniatures.

111 — Dix miniatures à double face représentant des scènes diverses.

LAQUES, BOIS SCULPTÉS

INSTRUMENTS DE MUSIQUE

112 — Mandoline en laque, dite mosaïque.

113 — Tambourin en mosaïque.

114 — Tambourin en mosaïque.

115 — Cinq cadres en mosaïque et un en bois sculpté et ajouré.

116 — Coffret en mosaïque.

117 — Deux coffrets en mosaïque.

118 — Deux tabatières en mosaïque décorées de personnages.

119 — Boîte en bois sculpté représentant sur le couvercle le combat d'un tigre et d'un serpent.

120 — Cinq coquetiers et quatre coupes en bois sculpté.

121 — Écritoire en laque, décor à volatiles et fleurs.

122 — Miroir et deux dessus de guéridons en laque.

123 — Coffret avec nombreux tiroirs à l'intérieur en mosaïque.

124 — Boîte en laque ajouré.

125 — Deux panneaux en laque, décor en relief à scènes de chasse.

126 — Sept cartes en laque, décor à personnages.

127 — Petite boîte en bois sculpté.

128 — Miroir en mosaïque.

129 à 131 — Collection de trente peignes en bois, corne et os, décor à inscriptions et ornements variés.

OBJETS DIVERS

132 — Deux Sièges, forme barils à huit pans, en faïence fond noir. décor à fleurs en polychrome.

133 — Lot d'objets en verre.

134 — Coffret en os. décor gravé et ajouré.

135 — Lot de timbres-poste de la Perse.

136 — Lot de turquoises.

137 — Lot de monnaies anciennes en cuivre.

TAPIS

138 — Grand tapis turcoman fond mauve dessin dessin dit « Falèche ».

139 — Tapis de Serabend fond bleu, dessin à palmettes avec angles.

140 — Tapis de Khorassan fond bleu dessin à médaillon et angles.

141 — Tapis de Fehiran fond bleu foncé avec angles, bordure fond vert.

142 — Tapis de Bakhchaiche dessin à médaillon.

143-144 — Deux Tapis de galerie fond jaune dessin à médaillon et angles.

145 — Tapis fond marron dessin polychrome.

146 — Tapis de Feharan fond bleu bordure fond blonc.

147 — Tapis de Garadja fond bleu avec angles.

148-150 — Trois tapis de Sanmarkand, dessin et dimensions variés.

151 — Tapis de Hamadan dessin dit Almali.

152 — Tapis de Serabend fond bleu dessin à palmettes et angles.

153 — Tapis de prière de Chiraz dessin à médaillons et angles.

154 — Tapis de chemin fond marron dessin à arbustes et rosaces.

155 — Tapis de prière fond bleu dessin polychrome.

156 Tapis de galerie fond bleu bordure fond rouge.

157 — Tapis carré Turcoman.

158-160 — Trois Tapis à double face dessins variés.

161 — Dessus de coussin en tapis à double face.

162 — Petit tapis de prière, dessin médaillon et angles.

163 — Tapis de Garadja fond bleu, dessin médaillon et angles.

164 — Tapis de Khorassan fond bleu, dessin polychrome.

165-167 — Trois tapis de prière, dessins variés.

168 — Tapis de prière, dessin à palmettes.

169 — Tapis ancien de Kelley.

170-171 — Deux tapis de prière de soie.

172-173 — Deux petits tapis de prière.

BRODERIES

174 — Tapis satin bleu brodé d'or, d'argent et de soie, représentant un vase de fleurs, bordure fond rouge.

175 — Panneau en soie rose brodée représentant une gerbe de fleurs et feuillages avec inscription.

176 — Panneau en tulle rouge tissé d'or, dessin à médaillon.

177 — Tapis de prière brodé de soie blanche.

178 — Serviette en broderie de soie blanche à jour.

179 — Vingt-quatre serviettes à thé en broderie de soie blanche.

180 — Quatre dessus de coussins en broderie analogue.

181 — Trois chemins de table en broderie analogue.

182 — Trois dessus de coussins en broderie.

183 — Trois panneaux en broderie dite gilet persan.

184 — Paire de chaussettes en broderie de soie et deux galons d'or.

185 — Dessus de guéridon en drap noir brodé.

186 — Deux lambrequins en drap rouge brodé de soie.

187 — Sept dessus de coussins en drap beige brodé de soie.

188 — Trois panneaux en gaze rouge tissée d'or et étoffe bleue.

189 — Trois écharpes en soie.

190 — Trois dessus de guéridon en broderie de soie crême et étoffe.

191 à 193 — Douze tapis de prière et panneaux en toile imprimée de Perse. (Seront divisés).

194 — Panneau en drap rouge brodé de soie, bordure à pommes de pin.

195 — Panneau en toile rouge brodé de soie jaune et de glaces.

196 — Bande en soie rouge brodée d'or, dessin à inscriptions. Travail de l'Extrême-Orient.

197 — Deux pochettes et une ceinture.

198-200 — Dix-sept cartons : spécimens de tapis, velours et étoffes anciens de l'Orient et de l'Extrême-Orient.

201 — Objets omis.